# 万《ばん》世《せい》歌《うた》集《しゅう》

松里亜希巳

文芸社

# 目次

# 第一章

# 秘密の旅

# 昨日も見ていた光景なり…

散漫としたる隠れ家の
窓の向こうに広がるは
数多《あまた》の手毬を集めた様な
色とりどりの光景なり
雨に濡れたる紫陽花の
極めて色光放つなり
見事我が身の優美さを
際立たせるべく時節を待ちて
梅雨を好みて咲く花に
唯々《ただ》一驚するばかり

# 雀の隠れ家

今降り出したと思ったら
途端に蛙が鳴くんだなぁ
ほんの一瞬激しく降って
すぐまた雨が弱まって
そしたら雀が鳴くんだなぁ
雀はどこに居たのかなぁ
私が木の下隠れてた時
雀もそこに居たのかなぁ

# 夏の日

青色空には夏鳥が群れ
飛行機雲の
道しるべ
真下に広がる青海波《せいがいは》
騒いでいるのは
蝉の声
海の近くの停車場《ていしゃば》で
乗り合い達と
入れ替わり

降り立つ先に
飛び込む日差し
思わず視線をそらした先の
校舎の隅ではタチアオイ
陽炎生まれて
揺らされて
私のあとには
影法師

# 静寂の雫

夜の帷《とばり》の忘れ霜
星宿《せいしゅく》達のささめごと
水面に点した月の輪が
茫漠《ぼうばく》たる只中《ただなか》で
かすかに揺れたる薄明かり
凍てつく頬に差し招く
恍惚《こうこつ》帯びたる
異郷の雫

# 残照

残照が
岩肌染めて
よせてはかえす
波の花
あっちで鉄橋
差す光
ふわぁりふわり
カモメが鳴いて
彼方の小舟
どっちへ向かう

# 帰り道

線香花火が消える様に
燃える夕日ははるか地平
暮れかけゆく光のすじはまだ赤く
行き交う影も背をのばし
人は家路へ急ぐとこ
うまく鳴らない口笛で
歩く公園の緑の葉には
今なおゆうべの雨の雫

どこからともなく現れた
仔犬が夕日に染められて
一人遊ぶ可愛さを
ベンチに座り目で追えば
日の名残りを惜しむ様な
誰かの明るい話し声
しだいに近づき背中を過ぎる

# 紅葉のそばで…

庭先すでに
色づき始めの紅葉のそばで
水面をなでる
風に抱かれた
かき乱されゆく心の奥は
決して見せやしないと決め
遠のく姿消えるまで
いつまでいつまで手を振った?
今頃あのコがどんな空
どんな想いで見てるかなんて
遠い遠い昔すぎて

知るところでは無いんだけれど
かすかにしみるはそれはただ
こんな静かな夕暮れの色

日暮れと共に
鳴る鐘の音や夢物語
忘れ去られた語りべの行方
さっきため息ついたけど
それは悲しいからじゃなく
飛べば届きそうな程
空が近くにあるからなんだ
夢にまで見たのは今まさに
焦がれ焦がれの燃ゆる雲
君がつくった恋の唄

口ずさんで手をつなげば
夢叶える夢を見たんだ
今じゃ違う空を見て
私がつくった恋の唄
口ずさむんだ
紅葉のそばで…

# まぁるい、まぁるいお月様

今日の月はどんな月？
月はスネて隠れたよ

今日の月はどんな月？
月は半分顔出して
僕らを気にしてのぞいてる

今日の月はどんな月？
そろそろまぁるい月の頃
まぁるい月に気づいたコには
必ずいいコト待ってるよ

# 跳ねうさぎ

兎さん兎さん
どこまで山びこ追っかけた?

兎さん兎さん
虹の端っこどこだった?

兎さん兎さん
月の裏側どうだった?

兎さん兎さん
太陽どこで眠ってた?
兎さん兎さん
ピョンピョン跳ねたらいつの日か
雲に乗れると信じてる?

# 丘の上の夕日

夕日
丘に登って眺めていたら
遠い街で走り出す白い汽笛がなった
れんげ畑で届かない茜空に
私はいつしか涙ころした

夕日
どうかもう少しだけ行かないで
遠ざかる山の背をにじむ光が包んだ
足もとで泥はねた水溜まりに
私はいつしか涙映した

夕日

声あげ泣きだして
流れる雲が次第に裂かれ
降り出した雨が叩く大地の音に
私はいつしか涙かくした

# ボクはクルマ

ボクはクルマ
ボクはクルマのスーパースター
ボクは毎日この場所で
磨き磨かれピッカピカ
スポットライトもあびるんだ
ボクは毎日感じよく
ボクらを買ってと願ってる
ボクはみんなの憧れなんだ

けれどもボクはあの窓の
向うに伸びる一本道に
憧れ焦がれてしまうんだ…
ボクなら速く
走るのに

# 白い朝

連なる枝々閉ざした霧氷
地上のすべてが白銀になり
はなうたまじりのラララも白く
見上げた空もキラリと笑う
見慣れた梢をくぐる時
昨日見つけた黄色い花が
白い帽子に頭《こうべ》を垂らすが

今朝なお凛と立っていた
輝く空気にマフラー揺れて
小高い丘から眺めた街は
優しさ帯びた
そこはかとなく

# 奇妙な虫

昔々歩くのが
苦手な虫さんおりました。

通りかかった男の子
奇妙な虫に興味を持って
そばの木の棒取って来て
虫さんつついておりました
「ボクが上手に歩かせてやろう。」
何度も何度もつついても
虫さんちっとも歩かない
飽きてしまった男の子

とうとう行ってしまったよ。

噂を聞いた別の子が
またまた虫さんついたよ
虫は重たい右足前へ
重たい左の足も前へ
やっとの思いで歩くのでした。
「うわぁ、変な歩き方！」
子供は虫さん歩いた途端
とってもとっても驚いて
二度とは、やって来ませんでした。

ある朝偶然通りかかった
一人の子供が言いました
「虫さん、虫さん、歩いてみせて。」

虫は何ともしかたなく
も一度必死に歩くのでした
子供は笑って言いました
「虫さん、虫さん、歩き方
　私とっても大好きよ。」
子供は大変喜んで
毎日毎日会いに来たのよ
そしたら虫さん喜んで
奇妙な虫は歩くのを
恥ずかしがらなくなりました。

# 晴れ着の祝い

めでたい立て矢に抱え帯
束ね熨斗《のし》のお嬢さん
今日は可愛い晴れ着の祝い
ちぃさな花の髪飾り
うれしそうに
はずかしそうに
早起きだけど

はずんでる
行き交う人も
お祝いするよ
慣れない草履で歩くけど
今日は可愛い晴れ着の祝い

# 段ボール姫

学校帰りの回り道
いつも工場の裏手には
たくさんの段ボール箱が
すててあるよ
それを上手に重ねたら
可愛い可愛いお家ができるよ
透明のビニール傘を屋根にすれば

素敵な素敵なお城ができるよ
その中、ちょこんと座ったら
さながらドレスのお姫様
木の芽をついばむ小鳥達も
小耳に挟んで見にきたよ
傘の屋根から見上げた空は
乾いた太陽の匂いがするよ

# 親愛なる…

駅に着いたら
まっすぐ来てね
そこは昔ね
小さい頃ね
路面電車が
通ってたんだ

しばらく行って
横を向くとね
柵の向こうに
たくさんの

飛行機並んで
居るでしょう?

次の角を
曲がったら
急いで後ろを
見てごらん
まるで
車と飛行機が
一緒に道路を走ってる
そんな錯覚
起こすでしょ?

つつじ通りを
抜けたなら

青い海の
色をした
小さな教会
見えるでしょ？

も少しまっすぐ
進んだら
まぁるいお家が
見えるでしょ？
私はそこで
待ってるよ
私はそこに
いつでも居るよ

# 秘密の旅

あの森にはね、伝説がありお天道様が、真上にきた頃
姿を現すお城があるの
女の子達は連れ立って
秘密の旅に出かけたの

小さな鉄橋過ぎた頃
伝説の森が見えてくる
そこは狼に育てられた
人間の子供が住む森だって
さっきのおじさん言ってたな…

みんなはしっかり手をつなぎ
せーので一緒に走ったの
とうとう息が切れた時
何だかおかしくなってきて
お腹を抱えて笑ったの

目映いばかりの緑の湖水に
素足でひざまで浸っては
サラサラ顔を洗う子や
両手で水を飲む子もいたの

うっそうと茂る木々の間に
大きな歌声鳴らしていたら
突然みんなの目の前に
白に輝く砂漠が現れ

キラリキラリとなってたの

みんなは一瞬息を飲んだの
みんなは顔を見合わせて
お城の出る場所見つけたよって
伝説の時を待った頃
とっくに着替えたお天道様は
オレンジ色の服を着て
みんなをずっと眺めていたの
みんなとおんなじ高さにいたの

# 夜空の魔法

大事な誰かを
亡くした夜は
今まで見た事無い様な
無数の星が
夜空を覆う
毎日何処かで
知らない誰かが
大事な人を亡くすけど
これ程隙間も無い様な
星は毎日見えやしない

きっと夜空が
魔法を使い
大事な誰かを
亡くした日だけ
姿が見える
星があり
元気を出して
と言っている。

# 幻影

胸中唯々《ただ》飄然《ひょうぜん》として
真実、誠も偽りも
線で区切れる場所は無し
自分はひたすら目を閉じて
ここに暮らせる尊ささえも
何処かに忘れたフリをする
無情の雨は止まずとも
彷徨い続ける夢追い人は
たゆたう耳もと囁き続け

途切れる意識を呼び覚ます
溺れた幻影丸めた屑が
四方八方散らかって
拾い集める術もなく
腕組み体を横たえて
も一度天井眺めやる

# 第二章　宝石、捨てた

# 地上へ

過去のボクは
薄暗い下界に住んでいた
もう一人の僕は
今まさに生まれたばかり
過去のボクはゆっくり近づき
僕に名前を付けたんだ
「未来の僕」と。
そしたらハシゴを持ってきて
上を指差しにっこりしたんだ
そこにはまぁるいドアがあり
隙間に光がもれていた

未来の僕は、過去のボクから
背を押され
半分ハシゴを上ったら
さっきは笑って背を押した
過去のボクの姿など
何処にも何処にも無かったんだ
僕は、大きく息をして
まぁるいドアを
押し開けたんだ

地上に少し頭を出すと
とてもとても眩しくて
思わず怖くなったんだ
けれども僕は上へ出て
下界のドアを閉めたんだ

そこには何千何万の
人の姿があちこちへ
いろんな方角目指して歩く
僕もみんなのマネをして
一緒にその中歩いてみたら
僕が何処からきたのかなんて
誰も不思議に思わずに
いつしか僕もこの街の
一つの景色になれたみたいだ
僕はやっとこの場所で
僕の行きたい方角へ
一人歩いて行けるんだ
あの時僕は
確信したんだ
過去のボクには

さよならしたんだ。

# お誂《あつら》え人形

キミはいつか言ってくれた
「何でも話していいんだよ。」
キミはいつか言ってくれた
「君の事なら知ってるよ。」
ボクはキミにカンシャした
けれどもキミは本当は
これっぽっちもボクを知らない
そしてキミは本当は
本当のボクに用などないんだ

キミの求めるボクなんて
キミが一人にならない為の
単なるお誂え人形なんだ。
ただそれだけの事なんだ。
いつしかボクは
消えるのか！
ボクは消されて
なるものか！

# 断罪

鏡を割ってしまったの
クツは履けても歩けなかった
頭の中に、住んでる声が
何度も何度も谺《こだま》した
愛を求める言葉を知らずに
かわりに投げた、刃の先は
誰かの胸に、届きもせずに
折れて、砕けて、刺さらなかった
こんな戯言、聞かずに無視して
本当は負けてはいけない事を

誰より知ってるはずなのに
息をひそめるだけの日々に
何を得ようと言うのだろうか
それではつまり
許して貰えるはずも無い事
自分が一番、知ってるくせに
それでもすべてを忘れる事は
絶対、絶対、許されないの

# ワタシの呼び名

カッコつけると
カッコ悪い。
カッコ悪いは
カッコいい。
そう思えたらいいのにな。
ワタシ自分をワタシと呼ぶけど
女でも無く男でも無く
ただ人間と呼ばれたい。

けれどもワタシは
それだけじゃ無く
時々、人間じゃ無くなってしまう
だったらワタシは自分の事を
一体何と呼べばいい？

# ニセモノに勝った
# ホンモノのはなし

私はさっき殺された
どこかの誰かの手によって。
そして私を見つめてた
私は路傍の塊となって
目をあけることはしなかった
そしたら何だかホッとして
戻れなかったあの場所へ
笑って夕日と一緒に戻ろう
今死んだのはニセモノで
今生きてるのがホンモノの私。

# 遠くへ

やっぱり私は行きたいの
やっぱりここを去りたいの
届かぬ窓に憧れるから
知らない景色を見たいから
遅すぎるなんて言葉はいらない
淋しくたってかまわない
錆色《さびいろ》の道で泣いたって
いつか見つけた光を頼りに
愛する唄を大事に抱いて
私はもっと遠くへ行きたい
私はもっと遠くへ行くの

# 悪魔の錯乱

幼いある日体の中に
突然悪魔が現れた
「私、悪魔は欲しくない！」
なのに悪魔は断わりも無く
未だに体に居座って
今日のところは眠ってる
例えば私が楽しい時でも
突然アイツは目を覚まし
壊す
泣き

叫び
乞う
あかくなったら意識は遠のき
ひとしきり疲れてまた眠る
空しさ帯びた錯乱の後
やり場の無い時持て余し
かたく目を閉じ呼吸をしたら
やっと自分を確認できる
それからも一度疲れたら
またひとしきり眠るのです

# おこり虫

泣き虫、
弱虫、
おこり虫。
わたしとっても泣き虫で
わたしほんとは弱虫で
だからいっつもおこりん坊
泣き虫、
弱虫、
おこり虫。

# 叱咤《しった》

やらなきゃ夢は叶わない
やらなきゃ止《や》める事すら出来ない
やらずに時を過ごしたら
過去の失態《しったい》・後悔も
本当の意味での過ちに
いつしか変わってゆくだろう
毎日自分を強がりじゃなく
信じる事が出来たなら
ボクは快食・快便で
大あくびをして眠るだろうに
ボクは何をしたいんだっけ？

ボクは諦めたいんだっけ？
でもボクは
他人を信じてしまう事や
裏切られるのが怖くても
それでも本当は知っているんだ
この世はそんなに悪くは無い事
ボクは決めた、決めたんだ
ボクはこの世を信じてるんだ
だったらボクは自分に問うんだ
変わるのならば
どっちだ！と。

## 聴きたい音は
## どんな音?

あなたに音を
つけるとしたら
私はこんな音がいい
重低音のドラムの歪《ひず》み
ギターも激しく鳴らそうか
ベースも渋い音を出し
ストリングスが微《かす》かに鳴って
次第に大きくなったなら

郵便はがき

恐縮ですが
切手を貼っ
てお出しく
ださい

1 6 0 - 0 0 2 2

東京都新宿区
新宿 1－10－1
(株) 文芸社
ご愛読者カード係行

| | | | |
|---|---|---|---|
| 書　名 | | | |
| お買上書店名 | 都道府県　市区郡　書店 | | |
| ふりがな<br>お名前 | | 大正<br>昭和<br>平成　年生　歳 | |
| ふりがな<br>ご住所 | □□□-□□□□ | 性別<br>男・女 | |
| お電話番号 | （書籍ご注文の際に必要です） | ご職業 | |

お買い求めの動機

1. 書店店頭で見て　2. 小社の目録を見て　3. 人にすすめられて
4. 新聞広告、雑誌記事、書評を見て（新聞、雑誌名　）

上の質問に 1. と答えられた方の直接的な動機

1. タイトル　2. 著者　3. 目次　4. カバーデザイン　5. 帯　6. その他（　）

| | |
|---|---|
| ご購読新聞　新聞 | ご購読雑誌 |

文芸社の本をお買い求めいただき誠にありがとうございます。
この愛読者カードは今後の小社出版の企画およびイベント等の資料として役立たせていただきます。

本書についてのご意見、ご感想をお聞かせください。
① 内容について

② カバー、タイトルについて

今後、とりあげてほしいテーマを掲げてください。

最近読んでおもしろかった本と、その理由をお聞かせください。

ご自分の研究成果やお考えを出版してみたいというお気持ちはありますか。
ある　　ない　　内容・テーマ（　　　　　　　　　　）

「ある」場合、小社から出版のご案内を希望されますか。
する　　しない

ご協力ありがとうございました。

〈ブックサービスのご案内〉
小社書籍の直接販売を料金着払いの宅急便サービスにて承っております。ご購入希望がございましたら下の欄に書名と冊数をお書きの上ご返送ください。（送料1回210円）

| ご注文書名 | 冊数 | ご注文書名 | 冊数 |
|---|---|---|---|
| | 冊 | | 冊 |
| | 冊 | | 冊 |

あなたは胸が高鳴って
一晩中でも起きてるかしら
それじゃあ今度は
あなたが私に
何か音をつけるとしたら
あなたはどんな
音がいい？

# 知らない人

いつもあなたは教えてくれる
あのコは親が居ないから
愛など知らずに悪いコだって。

いつもあなたは教えてくれる
あのコはとってもお嬢様
だから何にも知りもしないで
ヌクヌク暮らして行けるって。

いつもあなたは教えてくれる
あのコは心に病があるから

家族はきっと恥ずかしいって。

あなたは私に近づいて
そっと耳打ちするけれど
私はあなたの考えに
うなずく事など出来ないの

だって私は気付いてしまった
あなたの知らない
大事な事を
それはあなたが本当は
一番何にも知らない
という事。

## 呆《あき》れた性分《しょうぶん》

私は高い場所にある
お皿を取ろうとする時に
いったん椅子を取って来て
今度はその上乗っかって
やっとお皿を取るのです

そんな私にあなたは言うの
「どうしてお皿を取りたいならば
最初に誰かに言わないの?
誰かに助けを求めれば
そんなに必死にならずとも

はやくに取ってあげるのに。」
あなたが私にそう言う時は
いつも呆れた顔をして
いつも淋しい目で見てる

だったらあなたは今すぐに
私を恥じて、逃げればいい

それでも私の近くに居るのは
あなたが唯々淋しいから
私はあなたと居る方が
よっぽど、よっぽど淋しいから

私はずっと

探しているの
こんな私の性分を
面白いって笑ってくれる
そんな人を探しているの

# 「違う」は楽しい

不思議な二人がおりました
一人はトラの女の子
一人はシカの女の子
二人はまるで正反対
見た目も中身も正反対
みんなは首をひねるけど
二人はとっても仲良しで
いつでも一緒に帰ってく
二人は笑って言いました
「違うのだから楽しいの。」

## 見ていたものは

私が子供だった頃
時々淋しくしていたし
いつも何かにイライラしたけど
だからと言って人の物
勝手に盗んでしまったり
人を騙して楽しんだり
人を力で支配したり

夜な夜な街中落書きしたり
それは絶対違うと思った
何故なら私はあの時の
約束大事にしてたから
何故なら私はいつだって
秘かに未来を夢見てたから

# 十代の頃

追い求めたのは「自分らしさ」
出来上がりは「無様な姿」
まったく違う「別の誰か」
青息吐息で脱出を計るが
勝手に創った人格が
手足を押さえてそれを許さず
覚えず憂いに戸惑うのだが

何とも単純明快な
答えに気づかなかっただろうか
「自分らしさ」が何たるかなど
追い求める事やめた時
やっと本当の自分になれると。

# 夢の世界へ

今、すぐ傍で眠ってる。
起こさぬ様に書いている。
私のグレーの尨犬《むくいぬ》は
白目を剥《む》いて眠ってる。

次第にピクピクなりだして
どうやら夢など見てるらしい
きっと今頃夢の世界で
小さな冒険してるだろうに。

いつ頃帰ってくるかしら
彼此二時間経つけれど
未だに白目を剥いていて
時々いびきもかいている。

起こしてやりたい悪戯心と
私は一人闘いながら
さてさて何を書こうかと
あれこれ迷った振りをする。

# 毛布の中

誰かが毛布をくれました
優しい香りがしてました
上からスッポリくるまって
何も見えなくなりました
それはとても心地よく
思わず眠りそうでした
しばらくすると
外の世界が気になりました
今頃外は寒いのか

今日の月はどんなだか
葉っぱはどれほど紅くなったか
遠くで汽笛はなってるか…
そしたら淋しくなりました

## 晩成

夢は奇しくも一つではなく
その時々で形を変えて
いつも隣に座ってるんだ
「振り向くな！」
とは言えないけれど
それでも腐っちゃダメなんだ
湧き出すくらいの焦燥に
身悶えするなら尚更のこと

「いつか！」「いつか！」と願うんだ
「やって見せる！」と勇み立つんだ
大器晩成信じるならば
死なきゃ一生
未来はあるんだ

# 自問

キミはあのコを子供と嘲り
キミは自分を大人と信じた
ならばキミはあのコを笑え
キミは確かに大人になって
いつしか○が×になり
×が○に逆転しても
いかにもそれを正しく見せる
知恵と言葉を手に入れたんだ
あのコはそれを許さない

そんな自分は放っちゃ置かない
何故ならあのコは本当に
ほんとの大人になりたいからだ
それを偽善と言うならば
腐った者の言い訳だから

# 宝石、捨てた

あの日、僕等は白い雲を
ずっと笑って歩いて行けると
強く、強く、信じてたんだ
けれども僕等は冷たい棒で
雲の真下へ掻き出され
地上へ叩きつけられて
みんなが見ているその中で
僕等の腕には手錠がかかり
僕等はそれぞれ別々に
冷たい廊下を歩いて行った

僕は一人で考えた
僕は手錠を外す為、僕は何かを償う為に
一生死ぬまで生きなきゃならない

僕は大事に想ってた
宝石ひとつを捨てたんだ
けれどもそれは、いつだって
気付くと僕の目の前に
いくら捨てても戻るのだった

捨てきれない　と感じた僕は
それを小さな箱にしまって
地下へと運んで鍵までかけた

僕は一生生きる為
違う宝石探そうと
ドアを押し開け外へ出たんだ

外の世界は寒くても
めまいがする程汗が出たんだ
外の世界は暑くても
身震いする程寒かったんだ

それでも僕はいくつかの
綺麗な宝石見つけては
こっそりしのばせ歩いてみたんだ

けれどもそれらはいつだって
僕が手の中置いた途端に

次第に輝き薄れては消え
僕の中には何一つ
跡形も無く去って行くんだ

それでも僕は何故なんだろう
やっぱりドアを開けたんだ
そこで僕は目の前の
どこにでもある普通の石が
何だかとっても気になって
一つ選んで手にしてみたんだ

やっぱり石は宝石じゃなく
ちっとも光りはしないのだけど
それを強く握ったら
昼間の日差しを一身に受け

未だにわずかに残した熱が
僕の胸まで届いた時に
かすかに感じた希望の光が
僕には見えた気がしてたんだ

何故だか僕は嬉しくなって
いつでもそれを持って行くんだ
名前も付かない石ころだけど

僕はやっとで見つけたみたいだ
宝石よりも
大切な物
一生
死ぬまで
行きてく為に

# 万世《ばんせい》

私に顔など必要無いの
私に顔など無くたって
あなたはきっと見えたでしょう
本当の私の心の声が
あなたに顔など必要無いの
あなたに顔など無くなって
私もきっと見えるでしょう
本当のあなたの心の声が
だから私は綴るでしょう
想いを託して言の葉に
あなたと私の願いを込めて

今度のあなたの誕生日
「何が欲しい？」
と聞いたとしましょ
「前へ進める力が欲しい。」
例えば強く、望んでくれたら
私は何より喜んで
あなたに力をあげるでしょう
けれども私に力など
これっぽっちも見当たらないの
だったら私の誕生日
私は誰かに頼もうか？
「力を与える力を下さい！」
だから私は綴るでしょう
想いを託して言の葉に
あなたと私の願いを込めて

**著者プロフィール**

**松里　亜希巳**（まつさと　あきみ）

本名　玉井亜希子。

1972年12月9日、福岡県生まれ。

**万世歌集《ばんせいうたしゅう》**

2003年1月15日　初版第1刷発行

著　者　松里 亜希巳

発行者　瓜谷 綱延

発行所　株式会社文芸社

〒160-0022　東京都新宿区新宿1－10－1

電話　03-5369-3060（編集）

03-5369-2299（販売）

振替　00190-8-728265

印刷所　図書印刷株式会社



ISBN4-8355-4922-8 C0092